木下夕爾の百句

鈴木直充

孤高と有情

ふらんす堂

目次

木下夕爾の百句　3
孤高と有情――詩と俳句のはざまで――　204
初句索引　219
季語索引　221

＊本書の俳句鑑賞文は、「春燈」二〇二一年一月号から二〇二三年一月号まで二十五回連載した文章に加筆、修正したものである。

木下夕爾の百句

海鳴りのはるけき芒折りにけり

「春燈」
昭和二十一年

1

久保田万太郎の選を経て「春燈」創刊号（昭和21年1月刊）に載った作品。万太郎は詩人、俳人である夕爾句の詩韻の高さをいち早く見抜いた。夕爾の家は広島県深安郡御幸村（現・福山市御幸町）にあり、瀬戸内海から内陸に少し引っ込んでいる。港のある福山か尾道へゆく途次であろうか、遠くから雷のように海鳴りが聞こえてきた。海岸で大波が崩れる音が夕爾の胸を打つ。鬱々とした海鳴りを背景に銀色に輝く芒を手折る夕爾のダンディズムが見えてくる。夕爾三十歳の作。

繭に入る秋蚕未来をうたがはず

「春燈」
昭和二十三年

2

養蚕は春・夏・秋の三回行われる。秋蚕は三番蚕と呼ばれ、飼育期間が短く品質が劣る。夕爾は秋蚕の幼虫が精妙に糸を吐きながら繭籠りをするさまを見つめている。幼虫は一心不乱の行いの中でまもなく蛹になり、成虫となって次の世代を生む夢を見ている。夕爾の詩想が「未来をうたがはず」の表現を生んだ。けれども繭を完成させた蚕は乾燥、煮沸され、蛹のまま命を奪われて糸を繰られる。「うたがはず」の措辞の裏側にこの不条理への夕爾の歎かいと哀憐の情が畳み込まれているのである。

翅青き虫きてまとふ夜学かな

「春燈」
昭和二十二年

3

夜学は、夜学校の意もあるが夜におこなう勉学、学問のこともいう。この句は、秋の灯の下で書に親しむ夕爾の静謐なすがたを彷彿とさせる。その灯へ青い翅を持った虫が飛来し、夕爾にまとわりつく。

学問は己を律し、孤独を友として修めなくてはならない。そこへ突然の闖入者である。けれども、夕爾はこの虫を厭うてはいない。「青」には「未熟」の含意もある。学問に身を焦がす夕爾は、秋の夜の孤愁をわかちあうために青い翅の虫を灯下の友にしたのである。

にせものときまりし壺の夜長かな

「春燈」
昭和三十一年

4

骨董品の真贋を見極めるのは難しい。生活骨董や古美術は、骨董屋が長年練り上げてきた鑑定眼だけでなく学者による科学的分析などを経て判定されることもある。

その壺は人を惹きつけて止まないものか、或いは言い伝えで上品とされてきたものか謎である。たとえ贋作であってもホンモノを凌ぐ佳品もあるのだから厄介だ。いろんな論があったが、答えは出ていなかったのだろう。ところが〝にせもの〟と判り、秋の夜長、憑き物が落ちたように壺を見つめる。夕爾句では珍しく諧謔に富む作。

だしぬけに遮断機下りぬうらがるる

「春燈」
昭和三十三年

5

夕爾の最寄りの駅は、福山と塩町を結ぶ福塩線の万能《まな》倉《ぐら》駅。単線で一時間に一、二本運行するのどかなローカル線である。踏切を渡ろうとしたら突然遮断機が下りてきた。足止めを食って、あたりを見わたすと末枯れの景色が広がっているのに気づいたのだ。

「……下りぬ」から「うらがるる」への転換が秋から冬への移ろいを暗示している。そして上五「だしぬけに」は下五の「うらがるる」へと掛かり、夕爾の秋を惜しみ、冬を迎えんとする心象風景を重層的にしている。

枯野ゆくわがこころには蒼き沼

「春燈」
昭和二十五年

6

　夕爾は枯野へ分け入ってゆく。身も心も枯色に染まりながら孤独に堪えているのである。けれども、かれには詩と俳句がある。生きてゆく〝よすが〟があるのである。その頼みとするものを象徴して「わがこころには蒼き沼」と表現した。

　夕爾は作品の中でブルーを「青」「蒼」「碧」「あを」と使い分けている。「蒼」は草木が茂るあおい色を表す。この句の「沼」は実景ではないが、夕爾の救いとしてこころの中でひそやかに漣を立てているのである。

毛糸あめば馬車はもしばし海に沿ひ

「春燈」
昭和二十五年

7

この句は「毛糸をあむ人」、「馬を繰る人」、「馬車の拵え」が抽象化されている。

この馬車は農具と作物を乗せるありきたりの荷馬車ではないだろうか。その荷台に馬を進める人の妻がのっている。妻が家族の毛糸を編みはじめると馬車はゆくりなくも海沿いの道に出たのだ。農家の夫婦は明るい海の陽光を浴びながら馬車の揺れに身をまかせている。

この十七文字のなかに自然美、労働美、人間愛が凝縮されているのである。

とぢし眼のうらにも山のねむりけり

「春燈」
昭和三十四年

8

木々がすっかり葉を落とし、山は眠っているようである。その山を見つめていた夕爾はおもむろに目を閉じた。すると今まで眼前にあった山よりも眼裏の山の残像のほうが深く眠っているようなのだ。

山は名の通ったものではなく、日頃見慣れた山ではないだろうか。しばらく眼を閉じていると山は夕爾の眼裏から心の奥に蔵され、温められている。

この句を反芻していると心地よく、やすらかに睡りへいざなわれてゆくようだ。

燃ゆる火にひしめく闇も去年今年

「春燈」
昭和四十年

9

燃え盛る火に闇が幾重にも覆いかぶさる。天地創造の原初のエネルギーを感じさせるような火と闇のはげしい相克である。そのぶつかり合いから「行く年来る年」の瞬間が現出する。「去年」を押しのけて「今年」がやって来たのである。パワーとスピード感溢れる作である。

夕爾には新年の句が極めて少なく『定本　木下夕爾句集』に収載されている新年の句は四句のみである。かれは、新年という儀礼を伴う時空間が詰屈しているように感じられ、他の季節を自在に詠んだのかもしれない。

わらび煮えつつ古時計打ちにけり

「春燈」
昭和三十七年

10

備後の春の野から摘んできた蕨を煮て灰汁抜きをしている。風土に根ざして生きて来た家の春の厨事である。山菜には独特の苦みすなわち灰汁がある。けれども「春は苦みを盛れ」の格言にあるように程よい苦みが冬季に身体に溜まった老廃物を取り除いてくれる。蕨は硬すぎず柔らかすぎず苦みを残すのが厨をあずかる人の腕の見せどころ。

古時計が、「ぼん〜ぼん〜ぼん〜」とゆるやかに時を打った。家とともに年をかさねた時計である。「わらびが煮えたよ」とこの家の人に告げているようだ。

水ぐるまひかりやまずよ蕗の薹

「春燈」
昭和二十九年

11

田園の一隅に水ぐるまが回りつづけている。水ぐるまは田んぼへの揚水、脱穀、製粉用にと農家が古くから利用してきた働き者である。夕爾が「水車《すいしゃ》」と音読みにせず「水ぐるま」と柔らかく訓読みにしたのは、農への親愛感と句の調べを整えて詩的情緒を深めるためであろう。

　水ぐるまのほとりには、蕗の薹が頭をもたげている。まだ色彩の乏しい季節のなかで蕗の薹の萌黄は鮮烈である。水ぐるまは、春の光を受けながら飛沫を蕗の薹へ浴びせる。時間がゆっくりと流れる田園の風景である。

花芯ふかく溺るる蜂を見て飽かず

「春燈」
昭和三十九年

12

花が咲くと雄蕊は花粉をつくり、奥底には蜜を分泌して虫をおびき寄せる。蜂が飛んで来て、全身花粉まみれになりながら花の中心部へ分け入ってゆく。

夕爾は、花の美しい企みにまんまと嵌り、花芯で耽溺している蜂を「溺るる」と表現した。蜂を受け入れた花は揺れて、蜜に酔い痴れる蜂のうごきを伝えている。花と蜂は食う食われる弱肉強食の関係ではなく、生きる喜びを共にしている。「見て飽かず」は、かれもまた花の饗宴の客になりたいと願って浮かび出た表現であろう。

春の燈やわれのともせばかく暗く

「春燈」
昭和二十五年

春の夜にともる燈は明るく華やいでいる反面、人を物思いにいざなう。春は寒さ厳しい冬と熱暑の夏とのあわいにあって、人に曖昧な情緒をもたらす。

夕爾は春の燈を「われのともせば」と主情的に詠み「かく暗く」と情念を全面に押し出している。かれは、春の燈の暗さを掬い取り、心に帯びている憂愁とないまぜにしている。この手法から、かれ特有の抒情が滲みでる。

夕爾の温雅な詩、平明で味わいふかい俳句は、このあたたかい〝暗さ〟から生まれ出てくる。

わが声の二月の谺まぎれなく

「春燈」
昭和二十三年

14

山に向かって声を発したら、いくぶん間を置いて谺が返ってきた。谺は人が出した音声に山の霊がこたえると言われるが、返って来た声はまがうことなく夕爾自身のものだ。そして、山の精霊がかれの声に新しい生命を吹き込んだように膨らみつつ尾を引いて反響してくる。けれども夕爾の声を宿す谺には、春まだあさき硬質の響きがある。

二月は寒さが厳しく、草木の芽も固い。だが日ごとに日脚が伸び、日差しも強くなり、春めいてくる。この句を貫く潔癖なリズムが晴朗な余韻を生んでいる。

烈風にきこゆるとなき雲雀かな

「春燈」
昭和二十一年

15

烈風は木の幹が吹き倒されるほど強い風。いままで聞こえていた雲雀の囀りが烈風によってたちまち吹き消されてしまったのだ。夕爾には田園を詠んだ句が多く、雲雀は友だちである。かれに「ひばりのす」と題した児童詩がある。

ひばりのす／みつけた／まだたれも知らない／あそこだ／水車小屋のわき／しんりょうしょの赤い屋根のみえる／あのむぎばたけだ／ちいさいたまごが五つならんでいる／まだたれにもいわない／——小学校の教科書にも載った詩で、童心がナイーブに表現されている。

かたく巻く卒業証書遠ひばり

「春燈」
昭和三十二年

16

卒業証書を授与された夕爾は、間遠に聞こえてくる雲雀の声を耳にしながら、証書が弛まぬようきっちりと巻いた。府中中学（現・府中高校）時代から詩作を始め、宝文館刊「若草」の詩欄に投稿し、堀口大學の選にたびたび入選した。学業と文芸活動に充実した中学時代を過ごした夕爾は、雲雀に進路を導かれるように卒業証書をかたく巻いた。夕爾は第一早稲田高等学院文科（仏文）に進学。しかし養父・逸（父の弟）が結核を発病し、家業の薬局を継ぐべく二年後に早稲田から名古屋薬学専門学校へ転じた。

家々や菜の花いろの燈をともし

「春燈」
昭和二十三年

17

大方の家がまだ戦後の貧しさを引きずっていた頃の作である。当時、菜の花は畑のほか水田の裏作物として春の田園を彩っていた。

夕闇が迫ると家々に菜の花いろの燈が灯る。ささやかな団欒のともしびである。「家」と「菜の花」を取り合わせただけの簡朴な構成だが、味わうほどに懐かしさがこみ上げてくる。それは「いろ」と「ともし」の仮名がやわらかく、句に夕爾の人間愛が凝縮されているからだ。春の夜の在郷の暮しを見つめる夕爾の眼差しが温かい。

遠雷やはづしてひかる耳かざり

「春燈」
昭和二十三年

18

女性がおもむろに耳かざりをはずして机上に置いた。耳かざりは折からの遠雷に呼応して光ったのである。「はづして」の助詞「て」は、「ひかる」との間に暫しの時間差を生む効果をもたらしている。「はづせば」としなかった夕爾の微妙な時間表現の巧みさが出ている。

この句は、「遠雷」と「耳かざり」の取り合わせが際立って、耳かざりをはずした女性の面立ちや姿態が消し去られている。それゆえに、句の背後にいる女性がますますミステリアスになってくるのである。

炎天や昆虫としてただあゆむ

「春燈」
昭和二十七年

19

盛夏の太陽がギラギラと地上を焙っている。そのなか、夕爾の眼前を昆虫が歩いている。昆虫の本能は自身の生存と子孫を遺すことで、極めてシンプルである。この目的のためだけにひたすら歩いているのだ。

夕爾は、地獄にも等しい炎天下で自分を昆虫に仮託し、〝生きる〟意味を嚙みしめている。虫を蟻やごみ虫などと具体的に表現せず、普通名詞の〝昆虫〟としたのは、宙を華麗に舞う蝶とは異なり愚直に地を這いまわる虫たちをイメージ化したかったからであろう。

林中の石みな病める晩夏かな

「春燈」
昭和二十三年

春夏秋冬それぞれに「晩」を冠すると季節の終わりごろを表す言葉になる。晩夏になると猛々しい暑さが弱まり、森羅万象は陰翳を濃くして秋の気配をただよわせる。

この句、林に晩夏の光が差し込み、中にうずくまる石どちがみな病んでいるという思い切った擬人法を用いている。「病む」には、病気にかかるという意のほかに疲れる、思いわずらうといった意味合いもある。夕爾は林の中に鬱々としている石を見て晩夏の愁いに包まれている。また、石は夏に疲れ切った人間の寓意でもあろう。

兜虫漆黒の夜を率てきたる

「春燈」
昭和三十八年

21

兜虫が夕爾の家の明かりを目指して飛んできた。この大型の虫はブーンと闇夜を蹴散らすような飛行音を立ててくる。樹や葉にぶつかりながら飛ぶので、お世辞にもスマートとは言えない。脚には突起があり、物を摑んだら容易には離さない頑固者である。雑木林に深々とわだかまる闇を鷲摑みにして明かりを目がけて飛んでくるのである。

「率てきたる」は、先頭に立って率いるという意。二本の角、つやつやとした黒褐色の体軀で夜を引き連れて来た。闇夜の大将軍のお出ましを詠んだ句である。

少年に帯もどかしや蚊喰鳥

「春燈」
昭和三十三年

22

蚊喰鳥がとびはじめる黄昏時、少年は風呂上りに浴衣を着ている。いつものことだろうが、帯がうまく巻けない。帯がぴたりと腰にきまらず、お腹まわりを泳いでしどけなくなってしまうのだ。

　着付けの巧拙もあろうが、少年の柔らかい体が着物に巻かれ、帯に締められるのを拒んでいるのであろう。ゆるりと纏った浴衣から思春期をむかえた少年の匂が立ちのぼり、蚊喰鳥を引き寄せる。この句は、夕爾が少年時代を回想して詠んだものであろう。

樹を変へし蟬のこころにふれにけり

「春燈」
昭和二十六年

23

夕爾には虫を詠んだ句が多い。いずれも外形的に捉えたものではなく、虫そのものになり切って作品化している。蟬は一つの樹木に執することなく、ふいにほかの樹へととび移る。雄は突如鳴き止んでとび去るし、声無き雌は羽音だけを残して樹を移る。

夕爾は、蟬が樹液の豊富な樹を求めて移動するとは考えず、「蟬のこころ」に触れ、観入しているのだ。かれは蟬が樹を移らんとするアンニュイに自身の無聊を重ね合わせ、詩韻をふかくしているのである。

忌の螢はなつよりすぐともしけり

「春燈」
昭和三十八年

24

夕爾には三人の文学の師がいた。かれの在所の隣村・加茂村出身の小説家井伏鱒二、詩の堀口大學、そして俳句の久保田万太郎である。三師は早くから夕爾の詩品の高さを評価していた。昭和三十八年五月六日、万太郎が急逝。同年発表のこの句は、万太郎の追悼句と思われる。

　夕爾が手のひらに載っていた螢を闇へ押し出したら、すぐに火をともしながら飛び立った。螢は夕爾の手のぬくもりを得て火をともしたのであろう。闇の中の螢の火の明滅は、夕爾の師への敬慕の情の象徴化である。

罪障のかくふかき汗拭きにけり

「春燈」
昭和三十三年

25

人は誰でもしてはいけない事をしてしまったという罪悪感を持っている。もとより大罪ではなく、他人から見ればささいな事でも当人は長年罪の意識を持ちつづける。

夕爾の罪障は人を傷つけてしまった事か、動物をいじめてしまった事か、或いはもっと深く原罪の意識に苛まれているのであろうか。「かくふかき」からかれの懊悩呻吟が伝わってくる。そして「汗拭きにけり」は贖罪であり、罪深き自己との和解の行いであろう。「含羞の詩人」と言われた夕爾が自己表白をした作である。

陶窯の火の色驕る立夏かな

『定本　木下夕爾句集』
昭和二十四年～四十年

26

陶窯の焚口から薪を投げ入れる。窯の中の温度は千度を超えるので直視できず、瞬時に薪を投じなくてはならない。炉見穴から火室の炎の状態を確認しながらこの作業を数日繰り返す。土を火の熱によって器に変えるのだが、気温や湿度などの自然条件を按排しながら火を攻めてゆくのだ。

夏立つ日、陶工の心は昂る。薪の焼べ方が絶妙でいい炎流れができている。夕爾はこれを「火の色驕る」と表現した。焼物は長時間火に晒された記憶を肌にとどめる。焼物には陶工の〝立夏〟の気象も刻まれる。

文鎮の青錆そだつ麦の秋

『定本　木下夕爾句集』
昭和二十四年〜四十年

夕爾愛用の文鎮は、常に机の上にあって書画の揮毫や読書のときに開いた本の押さえになっている。その文鎮に青錆が浮き古色を帯びている。手の湿りが錆を呼んだものか、薄暗い書斎が発生を促したものか、勝手に「そだつ」と自動詞にしたのが眼目。青錆は、いわば夕爾のカオスであり、ここからかれの磨き抜かれた詩句が浮かび上がる。

外界は麦の秋。黄金色の穂波が揺れて乾いた良き香りの風が吹いている。かれは麦秋の明るい外光を感じながら文鎮の青錆に沈潜し、文学に耽溺する。

揚げ泥の香もふるさとよ行々子

「春燈」
昭和三十九年

28

泥道を歩いているとズボンに泥が跳ね揚がった。あるいは腰のあたりまで汚してしまったのかもしれない。夕爾は子どもの頃からその道に泥濘ができるのを知っていたのだろうが、いつもうまく避けられない。またもや身に泥を付けてしまったのである。備後の産土の泥の香は、昔も今も変わりなく、ここが〝ふるさと〟だと思わせるのだ。

近くの葭原で行々子が鳴いている。夕爾の揚げ泥の風体を嘲笑するようにいつまでも「ギョギョシ、ギョギョシ」と鳴きつづけている。

谿ふかく棲める木魂や棕櫚の花

『定本　木下夕爾句集』
昭和二十四年〜四十年

29

木魂が谿に反響している。夕爾はそれを「谿ふかく棲める」と擬人化している。木魂は樹木に宿る精霊のことで、古来人が声を投げ掛けると返事をすると考えられてきた。その返事の主が山奥の谿に隠棲しているのである。

この句、木魂の棲む谿を遠景として棕梠の花を近景に据えている。初夏、棕梠の花は樹上に黄色い肉感的な穂状の花を咲かせる。木魂が谿の深くを跳梁跋扈して発する声がかすかに棕梠に届く。すると棕梠は木魂の促しにこたえて花房を膨らませるのである。

たまねぎに映るかまど火娶りたれば

「春燈」
昭和二十六年

昭和十九年、夕爾三十歳のときに故郷の御幸村の村長・梅田恒二の三女・都と結婚した。戦時体制が強化されてゆくなかでの娶りであった。

玉葱は艶のある丹色の皮で覆われている。湿気を嫌うので吊るして保存されることが多い。新妻の煮炊きする竈の炎がゆらゆらと玉葱に映っている。玉葱も竈の火も同系統の暖色である。その色が混じり合い、ほのぼのとした温もりをもたらしている。下五の字余りの「たれば」は妻を迎えた深い安息を宿している。

かたつむり日月遠くねむりたる

「春燈」
昭和三十三年

かたつむりが殻の中に身をやわやわと収めて眠っている。殻の渦巻模様が眠りの深さを表しているようだ。下五「たる」の連体止めが余情を深くしている。

「日月遠く」とは、このかたつむりが生まれてから来し方の一切を忘じているということであろう。殻の中はひとつの宇宙であり、かたつむりはこの宇宙の主である。

夕爾には、かたつむりのかそけき寝息が聞こえているのだ。そして、かれも又かたつむりになったように殻に籠もり、歳月を忘れて眠りたいと願っている。

郭公や柱と古りし一家族

「春燈」
昭和三十年

夕爾は亡き養父の後を継ぎ、薬局を営みながら詩作、句作を続けていた。そして二人の子どもに恵まれ、充実した生活を送っていた。

郭公が木下家の暮しを包み込むようにのどかに鳴いている。夏を告げる郭公の声は家を開放的にしてくれる。そして、柱が家を支えているように夕爾も一家の主柱として家族を養っているのである。「柱と古りし」に夕爾の家長としての自信が表れている反面、詩都東京をすっかり離れてしまった寂寥感が隠されているようだ。

児の本にふえし漢字や麦の秋

「春燈」
昭和三十一年

33

夕爾は、長女晶子と長男純二の二児を得た。この句は昭和三十一年の作で、晶子は小学校三～四年、純二は就学前後であろう。

　麦が実って黄金色の穂が風になびく頃、夕爾が晶子の国語の教科書に目をやると前学年より漢字の種類が増えているのに気付いた。言葉の表現者である夕爾にとって、増えた漢字から娘の成長が実感できたに違いない。また、同年の発表作に〈子のグリム父の高邱春ともし〉がある。木下家には文芸の香りが揺蕩うていたのである。

町古りぬ芦咲く川に沿ひ曲り

「春燈」
昭和三十二年

34

　夕爾の家は旧地名・広島県深安郡御幸村上岩成にあり、このあたりは万能倉《まなぐら》といわれていた。古い時代に多くの倉があったことから付けられた地名という。かれの営む薬局は「まなぐらの四ツ角の木下薬局」と呼ばれていた。近くに中小河川の加茂川が流れていて、釣り好きの夕爾の良き釣り場であった。川のほとりに芦が咲き、川の曲りに沿って家々が建っている。夕爾に「朝に俗銭を得て夕に詩をつくる」という詩句がある。木下薬局の主人は、あまり商売熱心ではなかったようだ。

落し水樹間に入りてなほきこゆ

「春燈」
昭和三十四年

35

稲刈りが近づくと取水する水口を塞ぎ、田の尻を切って流し口をつくり、水を落とす。これは田を干して固め、稲を刈りやすくするためである。水落しは丹精を込めて稲を育てて来た農家にとって至福の農事であろう。

落とされた水は林の中へ入ってゆき、良き音を立てている。一枚の田だけでなく、何枚もの田水が集まっていっせいに林に吸い込まれてゆくのだ。「なほきこゆ」は、林の中で水の音がくぐもり、尾を引きながら深まりゆく秋を暗示している。

立ちてねむる家畜に月の鰯雲

「春燈」
昭和四十年

36

家畜は小屋の中で立って眠っている馬であろう。農耕を終えた馬が体の芯の火照りをさますべく立ち寝をしている。夕爾があえて「家畜」の措辞を用いたのは、囚われた動物が人間のために労働力を提供させられていることへの〝あはれ〟を表現したかったからである。

薄暮に出た月が鰯雲を弱き光で照らし、雲の鱗に陰翳をつくっている。その雲はゆっくりと広がりながら馬小屋に覆い被さっている。上五の字余りと二段切れの構成から、かれの哀愁が滲み出ている。

葬列のかくれ了せぬ稲架襖

「春燈」昭和三十七年

37

野辺送りの列が田園の道を進んでゆく。幡持ちに先導された列の人たちは、みな黒ずくめで無言。稲刈りがすっかり済んだ田には稲架が立ち並んでいる。稲架が襖のように連なっているところを葬列が通りかかった。ベージュ色の稲架と喪服の黒だけのモノトーンの景が備後の在郷の葬りを映しだしている。

「かくれ了せぬ」は、血縁、地縁で構成される列が長いことを示している。死者も生者も日を吸い込んだ稲架の鄙びた香りにまみれている。

かくれすふたばこのけむり秋の風

「春燈」
昭和三十一年

38

人は誰でも隠れ心が募ることがある。〝含羞の詩人〟といわれた夕爾はことにその性向がつよかった。たかが煙草を吸うにも身をひそめるかれの姿におかしみを感じる。しかも、身を隠したつもりでも、吐いた煙が所在を明らかにしてしまうのだ。夕爾は煙草の煙が秋風に流されてゆくのを見ている。かれは煙を魂の分身のように感じていたのではないだろうか。我が国の古典に隠者文学がある。かれの慎ましさは隠者の精神に繋がるものであり、作品から潔癖な孤独が見えてくる。

稲妻や夜も語りゐる葦と沼

「春燈」
昭和二十七年

39

葦は水辺が大好きで、沼のほとりにぐるりと生い茂っている。風が吹いて葦が揺れ、沼にさざなみが立つさまは葦と沼がおしゃべりを楽しんでいるように見える。夜、稲妻の閃光が走り、葦と沼をシャープに照らしだした。この二者は、やっぱり離れがたい存在なのだ。

古くから稲と雷が交わって穂を孕むと言われ「稲妻」の言葉が生まれた。すなわち稲と雷は夫婦である。葦も沼も長年連れ添うている老夫婦のような関係だろう。さしずめ葦は老爺で沼は老婆であり、語りは尽きない。

こほろぎやいつもの午後のいつもの椅子

『遠雷』
昭和三十四年

40

蟋蟀は人の暮しのちかくに棲んでいて、石の下、草の中、縁の下などでコロコロコロ……と、なにかを懐かしむように、淋しむように、憐れむように鳴く。

夕爾は愛用の椅子に座り、蟋蟀の声を聞きながら物思いに耽る。「いつもの」のリフレーンが、かれの偏愛する椅子を置く位置と昼下りの時間が定まっていることを強調している。創造者はインスピレーションを得るために日々きまった行動をとることがある。夕爾がこの椅子に座るといよいよ詩想が醸されてくるのである。

秋暑しホームにあまる無蓋貨車

『定本　木下夕爾句集』
昭和二十四年～四十年

41

無蓋貨車は屋根のない箱型の貨車で、砂利や鉱石など濡れてもよいものを運ぶ。屋根付きの貨車とちがって、車両を長々と連ねてアッケラカンと走る。夕爾の家のちかくに福塩線の万能倉《まなぐら》駅がある。小さな駅で、輸送を終えた無蓋貨車が駅のホームに停車している。その数珠つながりの車両はホームをはみ出している。残暑きびしき日、鉄の塊の車両が横たわっているのはいかにも暑苦しい。かれは色々な列車を見ていただろうが、貨車に関心を寄せ〈短日の貨車押しあひつつ停る〉の句も詠んでいる。

冬の坂のぼりつくして何もなし

「春燈」

昭和三十五年

42

小高い丘の頂へつづく道であろうか、坂道のほとりの草木はすっかり枯れている。坂をのぼり詰めると冬空が広がっているだけである。「のぼりつくして」に「やっぱりない」という落胆の気息がふくまれている。

芭蕉に〈此の道や行く人なしに秋の暮〉の句がある。芭蕉は芸道のあとさきを顧みて孤独の淵に居る。夕爾は、とほんと冬の日があたる道を振り返り、漠々たる空を仰いで人生と文学の淋しさを募らせている。何れも芭蕉のいう「謂応《いいおお》せて何か有《ある》」の作で余韻、余情を引く。

梟や机の下も風棲める

「春燈」
昭和三十八年

夕爾は書斎で文机を愛用していた。夜も更けてくると冷えが机の下に及び、膝のあたりにわだかまる。梟が風を連れて来たのだろうか、夕爾は淋しさの只中にある。けれどもかれは机下の風を宥めながら深沈と思索し、創作に耽る。

夕爾十代の詩に「ふくろう」がある。「まいにち/まいにち/私の胸まで来て啼いてゐた/ふくろうよ――/あれはとうさんではなかつたらうか」。実父常一は夕爾五歳の時に精米機に袖を引き込まれて事故死した。梟は夕爾にとって父性の象徴として胸底に仕舞われている。

ものの影ばさと置きたる枯葎

「春燈」昭和二十六年

44

葎は野原、荒地、路傍などに生える。繁殖力が強く、茎は針金のように強靱でまわりのものに貪欲に絡みつく。だから幾重にも生い茂った葎が枯れるとざっかけない姿をさらけ出すのである。

夕爾は枯葎の前に佇立し、やおらコートを投げ掛けたのだろう。まず〝虚〟の影が落ち、〝実〟のコートが影を追って枯葎の上で一体化したのだ。

夕爾の風狂を「ばさと」受け止めた枯葎は、荒々しく乾いた草の匂を立てたに違いない。

熊笹にしばらく寒の入日かな

「春燈」
昭和二十五年

45

熊笹は山林に生える一メートルほどの丈の笹。若葉には隈が無く、越冬するとき縁が白く枯れて隈取られる。寒中の熊笹は白が際立って美しい。その熊笹に今まさに山に落ちんとしている夕日が当たっている。白い隈が赤々と染められているのである。

　時間の推移を示す「しばらく」は、「かりそめ」の意であろう。そして「寒」と下五「かな」の〝か音〟が癇性の強い響きを発して寒さを増幅している。夕爾は一木一草と化して熊笹の中に立っている。

92 — 93

冬薔薇のメスに映るをちらと見き

「春燈」
昭和三十三年

46

木下薬局の調剤室に一本のメスがある。夕爾は手にしたメスに冬の薔薇が映った一瞬を目に止めたのである。窓の外に咲いていたものか、壺に活けてあったものか、寒気のなかで凜と咲く薔薇がメスに映った。すなわち、薔薇はメスに囚われているのである。切る役割を担うメスと可憐に咲く薔薇の取り合わせが悲壮を放ち、物語性を帯びる。

「見き」は「見た」という過去の直接体験で、かれはメスの中の薔薇の鮮烈な印象が、未だ冷めやらぬと表現したかったのであろう。

笹鳴やダム底亀裂もて笑ふ

「春燈」
昭和四十年

47

雨が降らずダム湖がすっかり渇水してしまったのだろう。湖底が丸見えで、亀裂が走っているのがわかる。これでは上水道、農工業、発電などに支障をきたす。けれども、もとよりダムを造るとき周辺の家屋、農地、山林、道路が水没し、住民の生活環境に甚大な影響を及ぼしたはずである。「亀裂もて笑ふ」は、渇水して役に立たないダムの自嘲で、夕爾のユーモアを含む皮肉が伝わってくる。そして、干上がったダムの周辺から笹鳴がきこえてくる。鶯も地鳴してダムを憐れんでいるのであろう。

寒林に日も吊されてゐたりしよ

「春燈」
昭和三十一年

48

寒中、林の木々は葉を落とし尽くして立っている。幹や枝には、蔦が蔓をむき出しにして垂れ下がっている。蕭条とした冬の景である。その林に日が落ちかかった。夕爾は時間を止めて「日も吊されて」と表現した。

日は寒気を吸って赫々と林の中にある。絵画的手法で詠んでいるが写生句ではない。「吊されて」と擬人法を用いているのが夕爾らしい。林は夕爾の詩を育む豊かな空間である。かれは林を表層的に見ず、中に入り込んで詠む。この林の中にひっそりと夕爾がいる。

榾火燃え闇あたらしくひろごれり

「春燈」
昭和三十九年

囲炉裏や竈にくべる榾木は、木の幹や切り株を干したもので枝よりも格段に火持ちがよい。とりわけ根榾はとろとろと長く燃えつづける榾の古老のような存在である。「闇あたらしく」は、榾の火と闇の〝あはひ〟の仄明りを表現したものであろう。

人の暮しに不可欠な火は、恵みと脅威の相反する性質を持つ。夕爾はこの作品で火のかぎりない優しさ、温もりに焦点をあて、人の生活が安らかな榾火に包まれている情景を詠出しているのである。

あくびしていでし泪や啄木忌

「春燈」
昭和三十三年

50

石川啄木は、明治四十五年四月十三日に二十六歳で没。啄木の短歌には「腹の底より欠伸もよほし……」「呿呻《あくび》噛み夜汽車の窓に……」のような〝あくび〟、そして「……白砂にわれ泣きぬれて……」「頬につたふなみだのごはず……」のような〝なみだ〟があられもなく詠まれている。

夕爾は、啄木の「あくび」と「なみだ」を受けてこの句を詠んだのであろう。貧困、病、愛恋などをありのままに短歌にした啄木の境涯を思うと、哀しみを含んだあくびが込み上げてきて、泪が浮かんだのである。

春昼を来て木柵に堰かれたり

「春燈」
昭和二十九年

春の真昼、夕爾は野をさまよっていた。田園から多くの詩を得るかれにとって暖かな陽春は詩囊を膨らませてくれる季節にちがいない。おそらく春の風景に浸りながら幻想に耽っていたのであろう。

歩を進めているとゆくりなくも木柵に突き当たった。その柵は牧場に巡らせたものか、農家が庭に放し飼いの鶏を囲い込んでいるものか、いずれにしても夕爾の白日夢を堰き止めてしまったのである。けれども、かれは又木柵に詩的な異空間を見出してこの句を生んだ。

早春の竹のとらへしわがつぶて

『定本　木下夕爾句集』

昭和二十四年～四十年

52

夕爾は早春の竹林に石を投げている。投げた礫は幹に当たったり、葉を掠めたりしてさまざまな音を立てる。「竹のとらへし」から竹林が夕爾の投げる礫を心地よく受け止めているのがわかる。

　春の竹は、夏に向かって成長する筍を宿している母なる竹である。その竹林は、礫を投げるいたずらっ子の夕爾を抱擁する広々とした胸のようだ。夕爾は何歳になっても少年のような想いと振る舞いをしていたのだろう。その心が夕爾の詩作と句作の原点である。

厨さむし指にのこれる芹の香も

『定本　木下夕爾句集』
昭和二十四年〜四十年

厨は水を使い煮炊きをする場で、生活の裏舞台である。往時の厨は座敷や居間に比して灯しが暗めであった。夕爾は、摘んできた芹を厨に持ち込んだ。根に付いた土くれも手の汚れもあらかじめ小川で洗い流してきたのだろうが、指に野芹のあらあらしい香りが残っている。この句は「さむし」と「芹」の二つの季語が入っているが、主題となるのは「芹」である。「さむし」が「芹の香」へ掛かり、春寒の厨を一層さむくしている。厨をテーマにした〈貧厨や川蟹乾く籠の中〉の句もある。

あたたかにさみしきことをおもひつぐ

「春燈」
昭和二十八年

平仮名だけを用い、上五「あたたかに」の助詞「に」で中七・下五へと詠み流し、春の只中に居る情緒を醸し出している。そして「あたたか」と「さみしき」の相反する言葉を溶合させ、春のけだるさ、愁いを浮上させている。

「さみしきこと」には愛別離苦や文学に身を置く根源的な孤独も含んでいるのであろう。この句ではそうした強い情念を薄めて、次々と思い浮かぶさみしさを掬い取っている。夕爾は、春の漠然とした倦怠感のなかに漂いながら詩想をあたため、この作品を生んだのである。

つくねんと木馬よ春の星ともり

「春燈」
昭和三十三年

遊園地の閉園後に木馬が動きを止め、ぼんやりしている。昼間は子ども達の天真爛漫な声が響いていたのだが、夜の園内はすっかり静まり返っている。そこへ、子ども達と入れ替わりに春の星が遊園地の上に訪れて瞬いている。

夕爾には多くのすぐれた児童詩があり、この句も子どもの世界を詠んだもの。木馬と春の星だけに焦点を合わせているが、遊び疲れて木馬から去って行った小さな騎手達の残像が浮かんでくるのである。いたいけな子ども達へ向ける夕爾の慈眼を感じさせる作である。

森あをくふかくて春の祭笛

「春燈」
昭和三十六年

山間の村の春祭であろう。村を囲む森は春の陽光を浴びて青々と映えている。森のその奥にも森があり、どこまでも深いのである。この描写から鄙びた村が森の恵みによって暮しを立てているのがわかる。間遠に聞こえてくる笛の音は獅子を舞わせているのだが、人を招いているようでもある。通りすがりの人である夕爾は笛の音に誘われて、森に吸い込まれてゆくような心地がしたであろう。夕爾の在所は江戸時代から備後絣の名産地。絣の着物を着て祭に集う村の大人や子ども達の姿が見えてくる。

春雨やみなまたたけるる水たまり

「春燈」
昭和二十三年

「春雨や」と切れ字を用いているが、この句は詩情が豊かで俳句が韻文であることを忘れさせるほど平明である。それは「水たまり」を擬人化して「またたける」と表現しているからである。夕爾の俳句に擬人化が多いのは、詩と俳句を併行して創作しているからであろう。

道に出来たたくさんの水たまりに雨粒が落ちて、水輪をつくっている状態を「またたける」と見做したのは夕爾のナイーブな詩興のなせるわざ。この句は「春雨」の季語の本意がぞんぶんに生かされている。

雛らの見てゐる暗き雨の海

「春燈」
昭和三十七年

女の子の成長と幸福を願う雛祭の人形の原形は、人の姿をかたどった形代に罪や穢れをつけて流す「流し雛」であった。江戸時代になると形代の代わりに精巧な雛人形を作って愛玩し、毎年飾るようになる。

この句、雛壇が海に向けられていて、雛たちはみな海を見ている。海には雨が降っていて暗い。雛は寂々とした海の情景と対面している。雛たちは暗い海を見ながら人の穢れを負って流されてきた過去に想いを馳せる。夕爾は、雅な雛の暗い記憶を焙り出しているのである。

クローバに黴の香を曳き倉庫番

「春燈」
昭和三十年

倉庫番がクローバの咲いている野へ出てきた。色味のない労働服を着た男が総身に染みついた黴の香を引きずっている。このシーンは、ミレーの絵画「種まく人」を思い起こさせる。働く農民を写実的に描いた絵である。夕爾句も写実的に見えるが「黴の香を曳き」と印象的に表現して句に膨らみをもたせている。夕爾のレトリックはこれに止まらない。クローバの〝明〟と黴の〝暗〟を対照させ、倉庫の暗がりから明るいクローバの野に出てきた倉庫番をくっきりと浮き彫りにしている。

鐘の音を追ふ鐘の音よ春の昼

「春燈」
昭和二十五年

春の昼、夕爾の在所の寺もしくは教会の鐘が鳴った。寺の梵鐘はゴーンと重く響いて人の体を貫き、教会の鐘はカランコロンと乾いた音を発して胸に響く。鐘は聞き慣れたものほど心地よい。いずれの鐘の音もその地に根差し、人々に癒しや希望を与えているのである。

この句の「鐘の音」のリフレーンが暖かい春昼に響き渡り、眠気をもたらす。そして「追ふ」が遊戯的で童話の世界へいざなっているようだ。詩と俳句を創作する夕爾のメルヘン調の詩韻がよく出ている作である。

芽ぐみゐる大樹の瘤や卒業す

「春燈」
昭和三十四年

61

教えの庭に瘤のある大きな樹が立っている。伝統のある学校なのだろう。瘤から芽が出ているのだから、この老木は大層なエネルギーを使ったにちがいない。木に瘤ができる原因の一つは、傷ができた部分を自己修復したからである。

とすると、この木は学生らに傷つけられ、隆起したのかもしれない。学生の鬱憤の捌け口を甘んじて受け止め、瘤を盛り上げた大樹は、数多の入学生を迎え、卒業生を送り出してきた。そしてこの春の卒業生を送るにあたり、瘤から渾身の芽吹きを見せてはなむけとしたのだ。

夕東風のともしゆく燈のひとつづつ

「春燈」
昭和二十二年

夕ぐれ、東から春の訪れを告げる暖かい風が吹いてきた。すると、一軒また一軒と燈がともった。〝東風〟という〝女神〟に息を吹きかけられて、家々が明かりを灯しはじめたのだ。燈火は人の暮しの拠り所である。夕爾は、春の市井の燈ともし頃の風景を懐かしさを込めて詠んだ。

夕爾は「夕」の字に深い親しみを持っていて、詩句に多用している。ペンネームを夕爾としたのもその想いからか。「爾」には「近い」という意があり、かれは創作時に夕ぐれになずむ心ばえに浸っていたのであろう。

やりすごす夜汽車の春の燈をつらね

「春燈」
昭和二十五年

63

夜、夕爾が踏切を渡ろうとしたら、警報機が鳴って足止めをされた。カンカンカンと甲高い音を響かせて線路の横断を制止する。かれは、やってきた汽車を「やりすごす」のである。自分が先に通るはずだった線路をあとから来た汽車に譲る雅量が滲む表現である。眼前を通り過ぎてゆく汽車は春の燈を灯している。「つらね」は、列車の車両ごとに燈が灯っていて、それが数珠つなぎに流れるように走ってゆくさまを表している。車中の人は春の燈に包まれており、夕爾はその汽車をほのぼのと見送る。

きさらぎの潮の照り添ふ蔬菜籠

『定本　木下夕爾句集』
昭和二十四年〜四十年

「きさらぎ」には、春の暖気の中にまだ冷えをふくむ微妙な季節感が内包されている。その季節の瀬戸内海は、藍色の春潮が明るくふくれ、岸と沖を呼吸するように往き来ししている。海辺には、農家が収穫したばかりの青物を入れた籠が置いてある。潮がつくる波と青菜の濃緑が耕しをなりわいとする人の生命力を素朴に表現している。

この句の上五中七はなだれるように「蔬菜籠」に掛かっている。目映い潮の光が籠を照らすさまを「照り添ふ」と複合動詞にしたのは夕爾らしい母性的な表現。

汽笛の尾のこる町裏春の鴟

『定本　木下夕爾句集』
昭和二十四年〜四十年

65

夕爾が暮らす御幸町を詠んだ句であろう。町はずれを福塩線の列車が走り、長い汽笛を鳴らして通りすぎてゆく。その汽笛の余韻が家並の裏手に籠もっている。「町裏」はいわば舞台裏で、表通りからは見えない暮しの〝地〟が出ているところである。その町裏で、春の鵙が鳴いた。秋の鵙は縄張り争いで鋭い声を発するが、春には雌を呼ぶ優しい声音となる。鵙は遠ざかりゆく汽笛の音と共鳴するようにたおやかに鳴く。夕爾は町のうらがわに来ている春と鵙の声を愛でているのである。

132 — 133

郭公や消されてにほふランプの芯

「春燈」
昭和三十九年

66

夕爾は、郭公が鳴いている昼日中にランプを灯している。そう、書斎はあまり日当りがよくないので、ランプを愛用していたようだ。かれは本が押し込まれた書庫を背にして、机に向かっている。机の上も下も灰皿、ペン皿、珈琲カップそしてランプなどが手の届く範囲内にある。

ここが夕爾文学の揺籃の場であり、ランプは作品を招来する灯台のような存在であったのだろう。創作に区切りがつくと、かれはランプを吹き消す。芯の焦げた匂のする書斎から郭公が鳴く明るい外へと出てゆく。

書庫にかへす詩書の天金麦の秋

「春燈」
昭和四十年

67

読みふけっていた詩集を書庫へ返した夕爾。「かへす」に今まで読んでいた時間の経過と大切な書を定位置に収めるという意が含まれている。天金は、本の天すなわち頭部に金箔を施すもので、埃や湿気から守ってくれる。また本の貴重性をアピールするのである。折から麦が黄金色に熟れ、刈り入れを待っている。麦埃が混じった乾いた風が吹く初夏は、詩集を開くには好適な季節である。

夕爾は戦時中に俳句を作り始め、当時の俳号が「麦雨」であった。かれは麦畑が好きだったのだ。

青空の青ふかく薔薇傷みけり

『定本　木下夕爾句集』
昭和二十四年〜四十年

薔薇は剣呑な美しさを持っている。華麗な花は人を惹きつけておきながら、棘で近づく者を遠ざける。けれども、花に触れると毀れそうな繊細さも併せ持っている。

そんな薔薇に対して、青空は遥か上にただただ青く広がって薔薇を見下ろしている。つまり薔薇に無関心を貫き、深淵なる青を湛えているだけなのだ。絢爛と咲いた薔薇は自尊心を傷つけられ、茫然自失となったのだろう。

と、この作品からこんな小さな物語が想像できる。恋愛感情のまじるアイロニカルな作である。

梅雨さむしインクの中に落ちしペン

「春燈」
昭和三十三年

初夏の暖かさに慣れた体にとって梅雨寒は身に沁みる。夕爾がペンにインクを吸わせようとインク壺に差し入れたら、こごえた手からペンが落ちてしまったのである。愛用のペンの半身をインクまみれにしてしまったかれは、ペンを拭き拭きしてまた吸わせたであろう。インクには深沈とした香りがあり、物書きの想像力をかきたててくれる。戦前戦後の物資の困窮時、薬剤師の夕爾は化学薬品を調合して代用インクを製造した。当時、堀口大學や文人、俳人へこのインクを贈り、とても喜ばれた逸話がある。

わがつけし傷に樹脂噴く五月来ぬ

「春燈」
昭和四十年

夕爾が樹に傷をつけたのは目的のない、ゆえなき行為だったのではないだろうか。懊悩を御することができず、思いつきで刃物を握り、無慈悲なおこないに及んでしまった。樹はただちに樹液を噴き、しだいに固まってゆく。かれは、もの言わぬ樹の生きている証を見せつけられたのだ。

樹はみずみずしい若葉を茂らせ、五月が来ていることを告げている。夕爾は、自分の性向を「生来の孤独と憂鬱」と言うが、作品には暗さを薄め、明るくしてゆく向日性がみられる。「五月来ぬ」は救いの措辞である。

熟れ麦の岬のここに果てにけり

「春燈」
昭和三十七年

夕爾は、黄金色に実った麦畑を歩いている。時はまさに麦の秋である。一面の麦畑を吹きわたる風は、乾いた香ばしいかおりを立てている。麦の穂が揺れてかれの歩をすすめる。道なりに進んでゆくと岬の突端に出た。眼前は白波をかかげる青い海である。かれは麦色から青色の世界への転換に目を見張ったことだろう。この句は「麦畑」と「岬」を取り合わせ「海」を語らずしておおどかな海の景を暗示している。そして「岬のここに果てにけり」のフレーズが、麦畑の残像を豊かにしている。

まへだれに摘みあふれたる雨の紫蘇

「春燈」
昭和二十三年

72

「まへだれ」を掛けているのは夕爾の妻であろうか。この前垂れは、幾たびも水を通した清廉なもののようだ。雨あがりに台所仕事の姿のまま外へ紫蘇摘みに出た。前垂れの端を摑んで入れ物をこしらえ、片方の手で紫蘇を摘みはじめたのである。雨をたっぷりと含んだ紫蘇は、手も前垂れもしとどに濡らす。摘まれた紫蘇は生き生きと爽やかな香りを立てて前垂れを埋めてゆく。

夕爾は「摘みあふれたる」と豊かな収穫を表現し、鄙の一隅の素朴な暮しを描き出したのである。

緑蔭の椅子みな持てる四本の脚

「春燈」
昭和三十九年

青葉の茂りに強い日が差し、蔭をつくる。緑蔭は夏のとっておきの憩いの場である。そこに複数の椅子が置かれている。この椅子は、人が座っているのかどうか判然としない。椅子の脚に焦点を当て、座る人を捨象するのは夕爾特有の詩法である。どうやら、それらの椅子は座る人がいないようだ。夕爾の焦点は「四本の脚」に絞られている。上五・中七のフレーズが下五の「四本の脚」に収斂され、読者は〝脚〟に釘付けになる。椅子たちは座る人を待ちながら緑蔭に佇立しているのである。

海の音にひまはり黒き瞳をひらく

「春燈」
昭和二十三年

海が凪いで太陽の光を穏やかに返している。そこへ満ち潮であろうか、とつぜん波が立って、大きな音を放った。長身のひまわりが、ぽつねんと鮮やかな黄色の花を咲かせている。けれども海の音がしたら、その音に感応して花の内側の黒い瞳を大きく見開き、一途に海を見つめる。

芝不器男に〈向日葵の蕊《しべ》を見るとき海消えし〉の句があり、眼前の海が向日葵の黒い蕊に塗り替えられてしまった冥い心象風景を焙り出す。夕爾句は海とひまわりを取り合わせながら「黒き瞳をひらく」と明るく詠う。

秋暑し古書荒縄に縛さるる

「春燈」
昭和三十八年

昭和三十八年、夕爾が四十八歳のときの作。同年五月六日、俳句の師久保田万太郎が急逝し、夕爾は心の整理をすべく蔵書を手放そうとしたのかも知れない。

古本は、購入時の値段以上で引き取られることはまず無い。稀覯本は目利きの店主に抜かれ、あとは雑書として荒縄で括られてしまったのである。残暑きびしき日、かれは愛書が無造作に縛り上げられるのを見て、自身の身体が「縛さるる」思いをしたにちがいない。古本屋が帰ったあと、かれは心の空白を抱えながら書斎に戻る。

石投げて心つながる秋の水

『定本　木下夕爾句集』
昭和二十四年〜四十年

夕爾は沼のほとりにいたのであろう。所在なげに足許の石を拾い、沼へ投げ入れた。沼はポチャンと秋気を帯びた音を立てた。そのとき、夕爾の詩心が覚醒したにちがいない。「心つながる」という自然と自己が一体化する表現が、夕爾の創作の原点を示している。

水があれば覗き込み、魚影を追ったり、石を投げたり、こうした児戯にひとしい行いが、児童詩を含む多彩な詩を生む原動力になっているのである。そして、この句のように俳句にも新風を吹き込んでいる。

噴水にひろごりやまず鰯雲

「春燈」昭和三十年

夕爾には季重なりの作品が多数ある。「噴水」は夏、「鰯雲」は秋だが、この句の主季語はおのずから「鰯雲」である。詩作と句作を併行するかれが季語を軽んじたのではなく、見たもの感じたものを伸びのびと作品にするために季重なりを厭わなかったのだろう。

噴水はひねもす水を上げている。その上に鰯雲が横たわり、広がっている。「ひろごりやまず」は、泳ぎ来る鰯の群れを表現したもので、噴水の砕け落ちる水音は鰯の大群が立てる波音にも聞こえるのである。

牧柵の影の全し葛の花

「春燈」
昭和三十四年

78

牛、馬、羊などが放牧されている牧場を柵が囲んでいる。この柵は内側にいる家畜が逃げ出さないようにするだけでなく、野生動物の侵入も防ぐ。だから堅牢な木材や針金で拵えてある。夕爾は柵が落とした影を「濃し」とせず「全し」と表現した。秋の日差しを受けて落とした柵の影が完全無欠で冷徹なことを表現しているのである。

牧場のほとりには生命力が旺盛な葛が生い茂り、牧柵を囲繞している。葉の隙間から紅紫色の花が咲き出て、牧柵の影と強いコントラストをつくっている。

渦に入りて流燈しばし相搏てる

「春燈」
昭和三十五年

79

盆に家に迎えた亡き人の魂を灯籠に乗せて彼岸へ帰す。灯籠は弔う人たちの手から離れて川の流れに乗る。一路彼岸へ向かうのだが、川の一と所に渦巻ができていて呑み込まれてしまった。夕爾は、渦の中で互いにぶつかり合う灯籠を「相搏てる」と表現した。「袖振り合うも他生の縁」という仏教由来の諺があるが、渦の中での灯籠の濃密な接触も深いえにしがあるのだろうか。相搏つ灯籠はともしびを大きく揺らしながら互いを照らし合う。それは此岸への名残りの情念のようにも見える。

音のして海はみえずよ草の花

「春燈」
昭和三十一年

夕爾は海から遠く離れたところにいるのであろう。「音のして海はみえずよ」のフレーズは、海が見えないが故に却ってその巨きさを読み手に想像させる。ただ海が呼吸しているような悠揚とした音が聞こえてくるだけである。

かれの足許の草が小さな花を咲かせている。海の〝遠〟と〝大〟そして草の花の〝近〟と〝小〟の対照が詩韻を深める。音だけの茫漠とした海のカンバスに草の花が点睛として描かれているのである。このシンプルな俳句に夕爾は繊細な技法を綿密に張り巡らせている。

秋燕やまろべば高き草の丈

『定本　木下夕爾句集』
昭和二十四年～四十年

夕爾の故郷である備後は、瀬戸内海を望む肥沃な大地と穏やかな気候に恵まれている。秋、かれはうぶすなの野原に寝転んだ。すると草の丈が慮外に高いのに気付いた。備後の土で健やかに育った草々なのである。

空には燕が飛び交っている。燕らも備後の泥で巣をつくり、この地の虫を餌として子育てをしてきたが、じきに南方へ帰る。夕爾は八千草に沈みながら燕との別れを予感しているのである。燕が去ったら、空はただ秋風が吹くのみ。夕爾の在郷の想いを深めている作である。

霧かへるじゆず玉を濡らし我を濡らし

「春燈」
昭和二十四年

82

夕爾は水辺に群生する数珠玉の前に佇んでいたのであろう。そこへ、おもむろに霧が湧いてきて夕爾と数珠玉を包み込み、しっとりと湿らせる。数珠玉はもとより華やぎはないけれど、霧に濡れると﨟たけた風情になる。霧の中にいるのは夕爾と数珠玉の二者だけであり、時が止まっているように感じられたにちがいない。

そのうち霧が霽れてきた。「霧かへる」の措辞が、かりそめの逢瀬をしていた夕爾と数珠玉の別れを暗示する。能の一幕の終りを見ているようである。

湧きつぎて空閉ざす雲原爆忌

『定本　木下夕爾句集』
昭和二十四年〜四十年

83

昭和二十年八月六日、広島市に原爆が投下された。夕爾三十歳のときである。夕爾の住む御幸村は爆心地から離れていたため直接の被害はなかった。けれども、かれが暗澹たる思いにかられたことは想像に難くない。

　原爆忌の日、青空につぎつぎと雲が湧き出して、たちまち塞いでしまった。空は犠牲になった人びとを悼むかのように雲のカーテンを引いてしまったのだ。この表現に夕爾の原爆投下に対する怒りと亡くなった人たちへの弔意が込められているのである。

曼珠沙華わが満身に罪の傷

「春燈」
昭和三十八年

84

「罪」は良心あってこそ持つ意識である。夕爾は自分の言動に良心の光を当てて罪を焙り出す。「満身に罪の傷」は、胸奥に涸れることのない良心の泉があるから自覚するのである。それにしても〝満身〟はあまりにも痛々しい。曼珠沙華は、夕爾の傷から噴き出した血ともいえよう。

曼珠沙華は、梵語で「天上に咲く花」とされ、天人が雨のように降らせるという。そしてこの花が、見る者の心をやわらげ、悪行から離絶させる。ひたすら懺悔する夕爾は、曼珠沙華に救済を求めたのであろうか。

窓にすぐひろがる港金魚玉

「春燈」
昭和三十五年

85

港を一望する窓際に金魚玉が吊り下げられている。窓は大きく開け放たれて磯の香りのする風を通し、金魚玉が揺れている。金魚玉の向こうには、港を出入りの船や停泊船が荷役をしている光景が展開されている。

　この句は場所を明示していないが「窓にすぐひろがる」の表現から涼をとるために金魚玉を吊って客を待つ船宿を彷彿とさせる。金魚玉の点景と港の大景を融合させているが、すべての要素は〝窓〟に縁どられている。夕爾のデッサン力が際立つ作品である。

水古りてかく青芦をそだてけり

「春燈」
昭和三十四年

86

古事記や日本書紀に「豊葦原の瑞穂の国」の記述がある。芦が豊かに生い茂って、穀物が永遠に収穫できる豊饒の国という意である。今も、水に恵まれている日本の各地に芦が群生し、夏は水辺を青々と染める。

夕爾の故郷の備後の川や沼にも芦は生き生きと繁茂している。「水古りて」は、流れる川の水ではなく、沼に止まる水であろう。芦はいかなる水も厭うことなく馴染み、成長する。記紀の時代から天地を循環してきた万古の水が芦を養い、夕爾の眼前に広がっている。

学園の留守さかんなる夏樹かな

「春燈」
昭和四十年

この句、夕爾は「学園の留守」と表現したが、下五に「夏樹」を配しているから、学園はとうぜん夏休み中なのである。若きらのいない学園の庭には夏樹が影を落とすのみ。この〝留守〟のしずけさが含むウイットとアンニュイこそ夕爾の独自の表現なのだ。

夕爾は詩作と句作を併行していたが、俳句では一句の持つ象徴性と対象を十七文字に圧縮する職人的な知的操作をしていいた。しかし名工・夕爾はその技巧の片鱗すら見せない。平明の中の核心を看過してはならない。

パイプ椅子鉄の灰皿棕梠の花

「春燈」
昭和四十年

　昭和四十年五月、夕爾はレントゲン撮影により横行結腸閉塞と診断された。そして岡山大学附属病院に入院し、手術後に自宅療養をしていた。

　この句は同年の「春燈」七月号に発表されたもので、手術の前後に詠んだのだろう。夕爾愛用の安っぽいパイプ椅子も鉄の灰皿にも錆が浮いている。棕梠の花も色があるのか無いのか判らないように億劫そうに咲いている。三段切れのリズムがぎごちなさを増幅し、病む夕爾のころの軋みが聞こえてくる作品である。

雲裏の日に山ざくら咲きそめぬ

「春燈」
昭和四十年

日が雲の裏に隠れている。けれども、その日は銀の粉をまぶしたような陽光を雲に滲ませ、己が在り処を示している。この薄ぼんやりとした情景に春の情趣が揺蕩う。山地に生える山桜は、赤茶色に染まった新葉と同時に淡紅色の花を咲かせる。江戸時代の末期に染井吉野が出現するまで、花見の主役は山桜であった。

この句のふくよかさは「雲裏の日」と「咲きそめぬ」の措辞がもたらしたもの。山里に暮らす人たちの春の息遣いが聞こえてきそうな抒情句である。

町川に町の燈しづむ梅雨入かな

「春燈」
昭和三十七年

90

町の中を流れる川の両岸に家々が建ち並んでいる。夕暮れ、家々に灯った明かりが川面に映っている。明かりと共に家の中から漏れ来る人の声も暮合の情緒を湛えている。

夕爾が「町の燈」が川面に〃浮かぶ〃のではなく、〃しづむ〃と表現したのは、この町がすでに梅雨に入ったことを暗示するためである。

一句一章で仕立てられたこの句の中に「町川」と「町の燈」が畳み込んで配置され、下五の「梅雨入かな」へと一気になだれ込んでゆくのである。

茄子の紺ふかく潮騒遠ざかる

『定本　木下夕爾句集』
昭和二十四年～四十年

夏が旬の茄子は、つやつやとした光沢があり、深沈と紺色を湛えている。畑で捥ぎたての茄子が触れ合うとキュッキュッと小気味よい音を立てる。

夕爾が茄子の深い紺に見入っていたら、潮騒が遠ざかった。潮は寄せては返すのだが、茄子の紺に見入る夕爾には潮の音が行ったきりで返ってこないように感じられたのだ。この句は、「茄子の紺」の〝視覚〟から「遠ざかる」の〝聴覚〟へと場面が転換されている。潮騒が遠ざかったあと、茄子はいよいよ紺を深めて清涼感を増す。

噴水の高さよさだめられし高さ

『定本　木下夕爾句集』
昭和二十四年〜四十年

夕爾は噴水のほとりに佇み、噴き上げられる水の秀を見ていたのだろう。そして、機械仕掛けの噴水の高さが同じなのに気付いたのだ。

夕爾は十九歳のとき、第一早稲田高等学院文科に入学し、詩作に励んでいた。しかし養父の逸の病没によって、家業の薬局を継ぐよう諭され、帰郷せざるを得なかった。「高さよ」と「さだめられし高さ」の〝高さ〟のリフレーンから、中央詩壇の東京から引き離され、備後の一隅に囚われの身となった歎かいが、隠微に滲み出ているのである。

吸殻のまだくゆりをり青胡桃

『定本　木下夕爾句集』
昭和二十四年～四十年

夕爾は庭で煙草を吸っていたのであろう。吸い終わった煙草を灰皿に押し付けて消したつもりだったのだが、まだ燻っている。だが、揉み消そうとせずに焦げた匂を放つ吸殻を放置している。それは、夕爾の視線が青胡桃に釘付けになっているからだ。初夏、花を咲かせた胡桃は青い実を育てている。一方、胡桃の木の下の吸殻はやけぼっくいのように煙をただよわせる。その吸殻は、詩作・句作に難渋する夕爾自身が仮託されているようだ。夕爾には〈泉のごとくよき詩をわれに湧かしめよ〉と祈る句がある。

生涯に一つの秘密レモンの黄

『定本　木下夕爾句集』
昭和二十四年～四十年

人は誰でも秘密の一つや二つは持っている。秘密は人に話さない極めて個人的な事柄なのだが、大方の人は保持できなくなる。それでポロリと洩らしてしまい、気が楽になったり、一騒動起こしてしまったりすることがある。夕爾は、一つの秘密を生涯守り通そうとしているが、それを守るには忍耐力と少しばかりの演技力が要る。

鮮やかな黄色をしたレモンの果実は香り高く、瑞々しい果肉は酸味のつよい果汁を蓄えている。夕爾のエレガントで強靱な覚悟がレモンに託されている。

星座夜々さだまる峡の黍の花

「春燈」
昭和三十八年

黍は初夏に種を蒔くと秋口に房状の花穂をつける。花はいつ咲いたか分からないほど地味である。その黍が谷間の村の畑に植えられている。黍は、斜面をなす峡の畑に深く根を張っている。

秋が深まるにつれて、峡の村から見上げる星座は夜を重ねるごと明度を増している。山羊座、牡羊座、水瓶座などの秋の星座が峡をのぞきこむようにゆっくりと巡ってゆく。村人がぐっすり眠っているとき、黍は星座の光を浴び、まもなく結実を迎えるのである。

山恋ひの竜胆を濃く活けにけり

「春燈」
昭和三十九年

竜胆は高山の冷涼な環境を好む。秋の高い空から降りそそぐ日差しを浴びた竜胆は、青紫の五裂した花を開く。けれども、日が翳ると閉じてしまうのである。

夕爾は、竜胆を壺に投げ入れた。しかし花はつぼまり気味で、愁いをふくんでいる。竜胆は本来居るべき山を恋うているかのように見えたのだろう。「山恋ひの」と深く感情移入した措辞は、夕爾特有の主情的表現。「濃く活けにけり」は、たくさん活けて淋しがらせないようにしたのだが、竜胆の憂愁はいよいよ濃くなっている。

貧しくて干菜の縄の大たるみ

「春燈」
昭和二十九年

97

夕爾は優秀な薬剤師であったが、敏腕な薬局経営者ではなかったようだ。妻の都が、やりくりして貯えた金を夕爾に渡すと「たすかった」と言ったという。

干菜は大根や蕪の葉を縄にはさんで干し、収穫の少ない冬場に漬物にしたり味噌汁の具にしたりする。この干菜は、妻の都が吊したものだろう。夕爾は、たるんでいる干菜の縄を見て、思わず「貧しくて」と吐露した。けれども「大たるみ」の措辞には、文人として商売熱心になれない自分を戯画化する余裕が感じられるのである。

樹には樹の哀しみのありもがり笛

「春燈」昭和二十六年

98

「樹」には、立っている木という意がある。杉、椎、樟などの常緑樹そして楓、桐、楢などの落葉樹はそれぞれ固有の立ち姿がある。もがり笛は、立木や家などに冬の烈風が吹きつけると笛を吹くような、泣くような音をたてることをいうが、樹木はそれぞれ異なる音調を生む。

「樹には樹の哀しみのあり」の表現は、生きとし生けるものの根源的な哀しみであり、夕爾も共有している。万象の明るい面だけでなく、翳の面にも美を見出す「もののあはれ」を感じさせる作である。

ねむるべしかの沼もいまはこほりをらむ

「春燈」
昭和二十五年

夕爾は「かの沼」がいまごろ凍って眠っているであろうと思いつつ、自分に「さあ、ねむろう」と語りかけている。沼は家の近くにあって、夕爾の心象風景に宿っている。

沼といえば、夕爾が小学一年生のとき、兄の卓司と遊んでいる際中に沼に溺れた事件があった。卓司はすぐさま家へ走り、危急を知らせた。叔父の逸（後の養父）と母のあやが駆けつけ、逸が沼に跳びこんで沈んでいる夕爾を助け出した。夕爾をのみこんだ「かの沼」は、いま凍ってかれの暗い記憶を封じ込めている。

枯れいそぐものに月かくほそりけり

「春燈」
昭和四十年

100

　草木の葉が色付き始めたと思ったら、一気に枯れの坩堝と化していった。野に上った月もまた枯れ急ぐものたちに呼応して身を削ったのだ。

　夕爾がこの句を発表したのは昭和四十年二月。五月、体調を崩した夕爾は横行結腸閉塞と診断され、岡山大学附属病院で手術を受けた。じつは、この病気は横行結腸癌で重篤なものであった。かれは自分の病状を予知していて、蕭条とした冬の景を詠んだのだろう。かれは食事もままならず痩せ細り、八月四日、自宅で永眠した。

孤高と有情――詩と俳句のはざまで――

木下夕爾（本名・優二）は、大正三年十月二十七日に広島県深安郡御幸村上岩成で父常一、母あやの二男として生まれた。兄弟に後に医者になる兄卓司そして弟良三がいた。小地主の父常一は精米所と雑貨店も営んでいた。大正九年七月、夕爾が五歳九ヶ月のとき、常一は精米機を操作中に着ていた法被の袖が巻き込まれて事故死した。常一の死から二年後に母あやは夕爾たち三人の兄弟を連れて、父の弟で薬剤師の木下逸と再婚した。夕爾七歳十ヶ月、小学校に入学した翌年のことであった。

夕爾は自身の性向を「生来の孤独と憂鬱」と言っている。それは父の事故死と母の再婚、新しい父のもとで養育されるという大きな環境の変化が、夕爾の心にふかい影を落としたのは言うまでもなかろう。しかし、養父の逸は夕爾をことのほか可愛がったという。

夕爾は広島県立府中中学校に入学後、詩に熱中して同級生と共に同人誌「青き月日」と「白煙街詩脈」を出している。卓司と良三も詩作をしていたが、後年仕事に専念するなどの理由で詩作を止めている。夕爾は青年向け文芸雑誌「若草」の堀口大學選の詩欄に投稿し、幾たびも入選している。大學は当時の詩壇の巨匠であり、夕爾は詩壇の登竜門をくぐった心地をしたであろうことは想像にかたくない。夕爾は中学を卒業してからも文学をこころざしていた。夕爾が養父逸に文学部に進みたいと言ったとき、男の子が四人もいるのだから一人くらい文学の道を歩む者がいてもいいと言って、逸は夕爾の進学の願いを叶えてくれた。（母は再婚後に逸との間に男子を出産）。夕爾は上京し、十九歳で第一早稲田高等学院文科（仏文）に入学。入学後も旺盛な詩作を続けて多くの同人誌に発表していた。

昭和十年に養父逸が結核を発病。そこで夕爾に家業の薬局を継がせることになり、かれは早稲田を二年で中途退学して名古屋薬学専門学校を受験して入学した。

同校在学中の昭和十年九月、逸が死去。夕爾は名古屋薬専時代も「若草」などに投稿した。

昭和十三年三月、夕爾二十三歳のとき名古屋薬専を卒業し、郷里福山に帰って薬局を営む。以来、生涯この地を出ることはなかった。その暮しを夕爾はつぎの短詩に表わした。

朝に俗銭を得て
夕に詩をつくる

「朝に俗銭を得て」は、日のあるうちは家業である薬局を経営して暮しを立てること。「夕に詩をつくる」は、日が落ちて仕事を終えたら、詩作の時間と空間を確保してあそぶといった意であろう。

ところで、昭和十五年、特高警察が反戦的な俳句を詠んだ俳人に対して治安維持法違反の容疑をかけて集団検挙し、投獄した。いわゆる新興俳句弾圧事件である。この時期、夕爾は国民服を着て脚にはゲートルを巻き、頭は丸刈りであった。戦争中むやみに腹を立ててつぎの詩をつくった。

日日の孤獨

春淺い竹林にきて石を投げる
發止！　發止！　發止！
その答へのこころよさに今日も來て石を投げる
發止！　發止！　發止！

「發止！」の鮮烈なリフレーンから夕爾の鬱屈した心象風景がみえてくる。かれは「これが僕のやむをえない風流です」と溜息のような言葉を添えている。この言葉には、東京であゆんでいた文学の道を断たれ、名古屋薬専を経て郷里の田園の一隅で薬局を営まざるを得ない落魄の身に対するアイロニーが揺曳している。

しかし、夕爾は田園に在って詩をつくり続けた。そして、昭和十四年十月、二十五歳のときに詩集『田舎の食卓』を刊行した。当時、詩の賞としては唯一の文芸汎論詩集賞（第六回）を受賞し、詩人としての地位を確立したのである。

昭和十九年一月に安住敦を中心に俳句誌「多麻」が東京で創刊された。敦は広島県福山在住の詩人木下夕爾のことを知り、詩を依頼した。そして夕爾は詩と俳句を送った。戦時色がつよまる中、官憲の取締りによって自由に詩をつくりづらくなっていた夕爾は「多麻」に加わることで閉塞状況から抜け出そうとしたのであろう。しかし、「多麻」は戦争が泥沼化して敗戦が近くなっていた昭和二十年二月をもって終刊となった。

終戦直後の昭和二十一年一月、安住敦らが久保田万太郎を主宰に擁立して俳句誌「春燈」を創刊した。そこで夕爾は敦の勧めで「春燈」に投句を始めたのである。夕爾が「春燈」に発表した俳句を見てゆこう。

海鳴りのはるけき芒折りにけり

青蜜柑夜汽車にひとり覚めてをり

久保田万太郎の選を受けて「春燈」創刊号に載った句である。万太郎の選句はきびしく、また毎号選評はない。けれども、万太郎は夕爾の俳句の詩品の高さを見逃さなかった。夕爾は文芸汎論詩集賞の受賞ですでに詩人としての声価が定まっていたにもかかわらず「春燈」に拠り、万太郎にその天分を見いだされて韻文である俳句の稟質を開花させていくのである。

以後、夕爾は備後地方の風土を詠みつづけてゆく。

〈田園の句〉

風景に没入して詠んだ句である。いずれも写生的に詠んでいるが、擬人法を多用して、写実から抜け出している。こうした表現は夕爾の詩法からきているものであろう。

春雨やみなまたたける水たまり

稲妻や夜も語りゐる葦と沼

堰を越す水ひそかなり曼珠沙華

つぎは人を直接的に詠ってはいないが、人の息遣いを感じさせる句である。田園のほとりの人の暮しを描いているのである。

水ぐるまひかりやまずよ蕗の薹

家々や菜の花いろの燈をともし

森あをくふかくて春の祭笛

〈虫と遊ぶ〉

田園の一隅に暮らす夕爾の虫たちへ向ける視線があたたかい。

かたつむり日月遠くねむりたる

繭に入る秋蚕未来をうたがはず

樹を変へし蟬のこころにふれにけり

〈産土に生きる〉

夕爾が日々暮らす町を親しく詠む。

汽笛の尾のこる町裏春の鵙

揚げ泥の香もふるさとよ行々子

町古りぬ芦咲く川に沿ひ曲り

〈諦念と安寧〉

夕爾は三十歳のとき妻・都を娶り、ささやかな安寧の暮しを得た。文学の中心地である〝東京〟を忘却したかのように……。

わらび煮えつつ古時計打ちにけり

たまねぎに映るかまど火娶りたれば
貧しくて干菜の縄の大たるみ
こほろぎやいつもの午後のいつもの椅子

〈子と本と〉

夕爾は、長女・晶子と長男・純二のふたりの子どもに恵まれた。子らを慈しむときも、やはり文学が橋渡しになっていた。

子のグリム父の高邱春ともし
児の本にふえし漢字や麦の秋

カリフォルニア大学の現代日本語教授のロバート・エップに、夕爾の一一五編の英訳詩集『TREE LIKE』(樹木のように)と評伝『kinoshita yuji』(木下夕爾)の著作がある。エップは評伝の中で夕爾が在京中から故郷備後を見据えていたと指摘する。反面、名古屋薬専を経て福山の御幸村で薬局を経営するようになってからも、詩人としてふるさとになじめない精神の齟齬が生じていたという。その齟齬をエップは次のようにいう。

「彼は都会にいる時（註・早稲田在学中）には田舎に憧れた。しかし、田舎に居てさえ、彼は倦怠と憂鬱に苦しみ、責任と因習を離れて大自然とじかに向い合い、再生を体験できるような、ある中間的な場所に引き籠もることによってのみ救われたのである」。エップの言う「ある中間的な場所」とは「夕に詩をつくる」夕爾の創作のアトリエなのである。

夕爾は、備後の風土を牧歌的に詠った俳句の諸作のなかに、自らいう「生来の孤独と憂鬱」がないまぜになった句を隠微にしのばせている。

〈囚われの身〉

早稲田で文学をこころざしていたが、田舎の薬局に納まらざるをえない境遇への歎かいが滲み出ている。

春の気球こころのこして戻りたる
噴水の高さよさだめられし高さ
林中の石みな病める晩夏かな

〈孤独の句〉

明るく清潔な表現が単調に畳み込まれていて、侘しさと孤独がやわやわと封じ込められている。

あたたかにさみしきことをおもひつぐ
ドアとともに閉ざす心よ南吹く
冬の坂のぼりつくして何もなし

〈叫びの句〉

「われ」「わが」の一人称を用いた主情的な句である。夕爾の叫びが籠っている。

わが声の二月の谺まぎれなく
春の燈やわれのともせばかく暗く
わがつけし傷に樹脂噴く五月来ぬ

〈祈りの句〉

夕爾は詩と俳句の創作によって生きる覚悟をしていたが寡作である。『定本 木下夕爾詩集』は二四二詩（昭和四十二年、第十八回読売文学賞受賞）、『定本 木下夕爾句集』は五六四句を収載するのみである。つぎの句から、寡作作家の生みの苦しみが伝わってくる。

泉のごとくよき詩をわれに湧かしめよ
枯野ゆくわがこころには蒼き沼
かけ下りる坂外套をつばさとし

〈心広げる〉

空・海・山は、夕爾の鬱屈した心を解放してくれる場であり、それらを素材にしてかれ特有の抒情句を生みだしている。

——空の句——

青空の青ふかく薔薇傷みけり
秋草にまろべば空も海に似る

——海の句——

茄子の紺ふかく潮騒遠ざかる
毛糸あめば馬車はもしばし海に沿ひ

――山の句――

山葡萄故山の雲のかぎりなし

とぢし眼のうらにも山のねむりけり

〈書斎に籠る〉

夕爾の創作のアトリエの景を詠んだ句。かれの孤愁をまとった静謐なたたずまいが見えてくる。

梅雨さむしインクの中に落ちしペン

翅青き虫きてまとふ夜学かな

梟や机の下も風棲める

夕爾の小学生時代からの親友で詩友でもある松浦語が、夕爾の詩の批判をしたことがあった。松浦が「君の詩は感覚と頭の中で練り上げたものだろう。生活の中から弾き出す生の感動がないと思う」と言うと、夕爾は「僕の詩はフラスコの中から生まれる。そして、蒸留水を掬うんだ」と返した。「フラスコの中から掬う」

とは、夕爾の詩も俳句も安直な笑いやアイロニーをフラスコで蒸発させ、詩情の純度をぎりぎりまで高めた蒸留水を掬うことなのである。

夕爾句には、あからさまな洒落、おどけ、滑稽、皮肉といった諧謔はない。「俳句」は和歌・連歌から派生する過程で「言葉の遊び」「精神の遊び」を伴う諧謔を内包してきた。けれども、夕爾はその〝遊び〟を〝あそばず〟ひたすら〝心を澄ませ〟、身辺の風物に溶け込んで韻文である俳句の世界を構築するのである。

しかし、夕爾は詩と俳句のはざまで懊悩していた。「私は自分の俳句と詩との摩擦にくるしんだ。私の場合両者の世界にあまり逕庭がない故だらう。私の詩は殆ど全部が多くの言葉をつひやさなくても、そのまま十七文字に圧縮できる可能性があつた。だからさうである限り、私は俳句の世界へ専念すべきであつたと思はれる。けれども私はやはり詩を書きたかつた。その為には無理にでも俳句の方へ目をつむる必要があつた。詩を書かうとすると俳句は一つも出来なかつた。わづか五句の春燈の投句でも休まざるを得なかつた」。

夕爾は、横行結腸癌の病を得て岡山大学附属病院に入院し、手術を受けた。術後に自宅療養していたが、昭和四十年八月四日逝去した。享年五十歳。

寡黙、寡作の作家・木下夕爾は「含羞の詩人」といわれた。かれの表現は一見さらりとしているが、ふかいニュアンスとペーソスを帯びた抒情が俳句のなかに封じ込められている。そして、一句に凝縮した暗示や省略から、古今なかった繊細なエレガンスをふくむ俳風をつむぎだしたのである。

参考文献

「短歌」一九五六年、角川書店
句集『遠雷』一九五九年、春燈社
「春燈」一九四六年一月号から一九六五年二月号、春燈俳句会
『定本　木下夕爾句集』一九七二年、牧羊社
『定本　木下夕爾詩集』一九七二年、牧羊社
『含羞の詩人　木下夕爾』——木下夕爾追悼記念誌——一九七五年、
　木下夕爾を偲ぶ会実行委員会
『芝不器男句集　麦車』飴山實編、一九九二年、ふらんす堂
『木下夕爾』ロバート・エップ、一九九三年、児島書店
『父　木下夕爾』宮崎晶子、二〇〇一年、桔槹吟社
『新編　啄木歌集』二〇二〇年、岩波書店

初句索引

あ行

青空の……138
秋暑し
―ホームにあまる……84
―古書荒縄に……152
あくびして……102
揚げ泥の……58
あたたかに……110
家々や……36
石投げて……154
稲妻や……80
渦に入りて……160
海鳴りの……4
海の音に……150
熟れ麦の……144
炎天や……40
遠雷や……38
落し水……72
音のして……162

か行

学園の……176
かくれすふ……78
花芯ふかく……26
かたく巻く……34
かたつむり……64
郭公や
―柱と古りし……66
―消されてにほふ……134
鐘の音を……122
兜虫……44
枯れいそぐ……202
枯野ゆく……14
寒林に……98
きさらぎの……130
汽笛の尾……132
樹には樹の……198
忌の螢……50
霧かへる……166
樹を変へし……48
熊笹に……92
雲裏の……180
厨さむし……108
クローバに……120
毛糸あめば……16
こほろぎや……82
児の本に……68

さ行

罪障の……52
笹鳴や……96
秋燕や……164
春昼を……104
生涯に……190
少年に……46

書庫にかへす …… 136
吸殻の …… 188
星座夜々 …… 192
早春の …… 106
葬列の …… 76

た 行

だしぬけに …… 12
立ちてねむる …… 74
谿ふかく …… 60
たまねぎに …… 62
つくねんと …… 112
梅雨さむし …… 140
陶窯の …… 54
とぢし眼の …… 18

な 行

茄子の紺 …… 184
にせものと …… 10
ねむるべし …… 200

は 行

パイプ椅子 …… 178
翅青き …… 8
春雨や …… 116
春の燈や …… 28
雛らの …… 118
梟や …… 88
冬の坂 …… 86
冬薔薇の …… 94
噴水に …… 156
噴水の …… 186
文鎮の …… 56
牧柵の …… 158
榾火燃え …… 100

ま 行

まへだれに …… 146
貧しくて …… 196
町川に …… 182
町古りぬ …… 70
窓にすぐ …… 172
繭に入る …… 6
曼珠沙華 …… 170
水ぐるま …… 24
水古りて …… 174
芽ぐみゐる …… 124
ものの影 …… 90
燃ゆる火に …… 20
森あをく …… 114

や 行

山恋ひの …… 194
やりすごす …… 128
夕東風の …… 126

ら 行

緑蔭の …… 148
林中の …… 42
烈風に …… 32

わ 行

わが声の …… 30
わがつけし …… 142
湧きつぎて …… 168
わらび煮えつつ …… 22

季語索引

青蘆［あおあし］（夏）……174
青胡桃［あおくるみ］（夏）……188
秋風［あきかぜ］（秋）……78
秋蚕［あきご］（秋）……6
秋の水［あきのみず］（秋）……154
蘆の花［あしのはな］（秋）……70
汗［あせ］（夏）……52
暖か［あたたか］（春）……110
稲妻［いなずま］（秋）……80
鰯雲［いわしぐも］（秋）……74・156
苜蓿［うまごやし］（春）……120
末枯［うらがれ］（秋）……12
炎天［えんてん］（夏）……40
落し水［おとしみず］（秋）……72
蝸牛［かたつむり］（夏）……64
郭公［かっこう］（夏）……66・134
兜虫［かぶとむし］（夏）……44
雷［かみなり］（夏）……38
枯野［かれの］（冬）……14
枯葎［かれむぐら］（冬）……90
寒の内［かんのうち］（冬）……92
寒林［かんりん］（冬）……98
如月［きさらぎ］（春）……130
黍［きび］（秋）……192
霧［きり］（秋）……166
金魚玉［きんぎょだま］（夏）……172
草の花［くさのはな］（秋）……162
葛の花［くずのはな］（秋）……158
毛糸編む［けいとあむ］（冬）……16
原爆の日［げんばくのひ］（夏）……168
蝙蝠［こうもり］（夏）……46
氷［こおり］（冬）……200
蟋蟀［こおろぎ］（秋）……82
五月［ごがつ］（夏）……142
去年［こぞ］（新年）……20
東風［こち］（春）……126
木の芽［このめ］（春）……124
笹鳴［ささなき］（冬）……96
残暑［ざんしょ］（秋）……84・152
紫蘇［しそ］（夏）……146
棕櫚の花［しゅろのはな］（夏）……60・178
春昼［しゅんちゅう］（春）……104・122
春燈［しゅんとう］（春）……28・128
薄［すすき］（秋）……4
蟬［せみ］（夏）……48
芹［せり］（春）……108
早春［そうしゅん］（春）……106
啄木忌［たくぼくき］（春）……102
玉葱［たまねぎ］（夏）……62
燕帰る［つばめかえる］（秋）……164
梅雨寒［つゆざむ］（夏）……140

燈籠流［とうろうながし］（秋）……160
茄子［なす］（夏）……184
夏木立［なつこだち］（夏）……176
菜の花［なのはな］（春）……36
二月［にがつ］（春）……30
入梅［にゅうばい］（夏）……182
稲架［はざ］（秋）……76
蜂［はち］（春）……26
薔薇［ばら］（夏）……138
春雨［はるさめ］（春）……116
春の星［はるのほし］（春）……112
春の鵙［はるのもず］（春）……132
春祭［はるまつり］（春）……114
晩夏［ばんか］（夏）……42
雛祭［ひなまつり］（春）……118
雲雀［ひばり］（春）……32・34
向日葵［ひまわり］（夏）……150
蕗の薹［ふきのとう］（春）……24
梟［ふくろう］（冬）……88
冬［ふゆ］（冬）……86
冬枯［ふゆがれ］（冬）……202
冬薔薇［ふゆそうび］（冬）……94
噴水［ふんすい］（夏）……186
干菜［ほしな］（冬）……196
榾［ほだ］（冬）……100
蛍［ほたる］（夏）……50
曼珠沙華［まんじゅしゃげ］（秋）……170
麦［むぎのあき］（夏）……144
麦の秋［むぎのあき］（夏）……56・68・136
虎落笛［もがりぶえ］（冬）……198
夜学［やがく］（秋）……8
山桜［やまざくら］（春）……180
山眠る［やまねむる］（冬）……18
葭切［よしきり］（夏）……58
夜長［よなが］（秋）……10
立夏［りっか］（夏）……54
緑蔭［りょくいん］（夏）……148
竜胆［りんどう］（秋）……194
檸檬［れもん］（秋）……190
蕨［わらび］（春）……22